ひみつのとっくん

Himitsu-no Tokkun

おしごとのおはなし　消防士

佐川芳枝　作　青山雄一　絵

講談社

翔《しょう》が、げんかんのカギをあけようとしたら、
「あれ、ぼうず、今日《きょう》は早帰《はやがえ》りか?」
という声《こえ》がした。ふりむくと、若《わか》い男《おとこ》のひとが、
山本翔《やまもとしょう》を見下《みお》ろすように立《た》っている。
だれだっけと思《おも》ったが、お母《かあ》さんが、
「となりの部屋《へや》に
越《こ》してきたひと、柏木町《かしわぎちょう》の
消防士《しょうぼうし》さんなんですって。」
といっていたのを思《おも》いだした。
柏木町《かしわぎちょう》は、翔《しょう》の住《す》んでいる、
さくら台《だい》のとなり町《まち》だ。

翔《しょう》はなにもこたえず、ぺこんと頭《あたま》を下《さ》げて、げんかんに入《はい》った。

だれもいない部屋《へや》の真《ま》ん中《なか》にすわると、ひざがひりひりするのに気《き》がついた。そのすりきずを見《み》たら、くやしさがこみあげてきた。

いまごろ、担任《たんにん》の佐藤先生《さとうせんせい》は、ぼくがいなくなったのを知《し》って、かんかんにおこっているだろう。

でも、もういいんだ。

ぼくは学校《がっこう》をやめることにしたから。

と、げんかんのカギがあく音《おと》がした。お母《かあ》さんは、大《おお》きな足音《あしおと》をたてて部屋《へや》に来《く》ると、

「あんたが勝手《かって》に帰《かえ》っちゃったって、先生《せんせい》から電話《でんわ》が来《き》たのよ。なんでそんなことをしたの？」

翔《しょう》のかたに両手《りょうて》をおいていった。

「ぼくはもう、学校《がっこう》に行《い》かないから。」

というと、

「ばかなことをいうんじゃないの。学校《がっこう》で、なにがあったのか、話《はな》してちょうだい。」

少《すこ》しやさしい声《こえ》になって、翔《しょう》の顔《かお》をのぞきこんだ。でも翔《しょう》は口《くち》をつぐんだまま、なにもこたえなかった。小学校三年生《しょうがっこうさんねんせい》の翔《しょう》にもプライドがある。女《おんな》の子《こ》にいじめられたなんて、いえない。

お母《かあ》さんはフーッとため息《いき》をつき、

「明日《あした》の朝《あさ》、いっしょに学校《がっこう》に行《い》こう。先生《せんせい》も友《とも》だちも心配《しんぱい》しているだろうし。とにかく、うちにいましたって、学校《がっこう》に連絡《れんらく》しないと。」

いいながら、けいたい電話《でんわ》をとりだした。

（ぼくのことなんて、だれも心配《しんぱい》してないよ。おもしろがってるだけだ。）

翔《しょう》は、むねの中《なか》でつぶやいた。


ことのはじまりは、体育《たいいく》の時間《じかん》だった。

「来月《らいげつ》は運動会《うんどうかい》だから、リレーの練習《れんしゅう》だ。」

と先生《せんせい》がいい、翔《しょう》は女子《じょし》でいちばん足《あし》の速《はや》い、島崎友香《しまざきゆか》と同《おな》じチームになった。島崎《しまざき》は、

「うわっ、山《やま》ショーがいるなんてサイアク。」

と大声《おおごえ》でいった。翔《しょう》は足《あし》がおそい。
けんめいに走《はし》るのだが、
どんどんぬかれてしまうから、
翔《しょう》がいるチームは負《ま》けることが多《おお》い。
リレーがはじまると、
チームのひとはがんばって走《はし》り、
二位《い》をキープしていたが、
翔《しょう》は、バトンを受《う》けとった
とたんにぽろりと落《お》とした。
そして、あっという間《ま》に
チームはびりになってしまった。

リレーが終《お》わったとき、体育館《たいいくかん》のほうから、先生《せんせい》をよぶ声《こえ》がした。先生《せんせい》がいなくなると、島崎《しまざき》が、

「あんたのせいで、負《ま》けたんだからねっ。」

と、くやしそうにいい、翔《しょう》のひざのうしろに、けりを入《い》れたからたまらない。

翔《しょう》は校庭《こうてい》にばたんっとたおれた。

くやしさとはずかしさで

いっぱいになった翔《しょう》は、校舎《こうしゃ》に向《む》かって走《はし》りだした。そして教室《きょうしつ》に行《い》き、ランドセルと服《ふく》をつかんで、そのまま家《いえ》に帰《かえ》ってきたのだった。

翌朝《よくあさ》、お母《かあ》さんが起《お》こしに来《き》たけど、翔《しょう》はふとんから出《で》なかった。たおれたときの、みんなのわらい声《ごえ》とひざのいたみが、消《き》えずにのこっている。

それに来月《らいげつ》は、だいきらいな運動会《うんどうかい》がある。このまま学校《がっこう》に行《い》かなければ、運動会《うんどうかい》にも出《で》ずにすむ。そう考《かんが》えた翔《しょう》は、登校《とうこう》する時間《じかん》になると、おなかがいたいと、うそをついた。次《つぎ》の日《ひ》も、その次《つぎ》の日《ひ》も同《おな》じことをいった。お母《かあ》さんは先《せん》生《せい》に相談《そうだん》したらしいが、翔《しょう》にはなにもいわなくなった。かなしそうな目《め》を翔《しょう》に向《む》け、しごとに出《で》かけていく。お父《とう》さんと三年前《ねんまえ》に離婚《りこん》してから、お母《かあ》さんは、近《ちか》くのスーパーで働《はたら》いているのだ。

ある日《ひ》、ベランダで、ガタンッという音《おと》がした。見《み》ると、となりの部屋《へや》の男《おとこ》のひとが、翔《しょう》のうちのベランダに立《た》ってい

た。消防士《しょうぼうし》って聞《き》いたけど、ほんとはどろぼうなのか？ こわくなってにげだそうとしたら、男《おとこ》のひとは、手《て》に持《も》っているものを見《み》せて、手《て》まねきしました。

おそるおそる、ガラス戸《ど》に近《ちか》づくと、

「こっちににげたから、つかまえたんだ。」

というのが聞《き》こえた。よく見《み》ると、手《て》の中《なか》に小鳥《ことり》がいる。翔《しょう》が、戸《と》をあけると、

「おどかして、ごめん。」

と、男《おとこ》のひとがいった。

「あ、文鳥《ぶんちょう》だっ。」

動物《どうぶつ》好《ず》きの翔《しょう》が、声《こえ》をはずませると、

「うっかりまどをあけてたもんだから、エサをやろうとしたら、にげちゃってさ。つかまえたから、よかったよ。ところでおまえ、なんでこんな時間《じかん》に家《いえ》にいるんだ。学校《がっこう》は?」

翔《しょう》が口《くち》をつぐんでいると、

「おまえ、何年生《なんねんせい》だ？」

「三年生《ねんせい》。」

「病気《びょうき》なのか？」

と、さらに聞《き》いたので、
戸《と》を閉《し》めようとしたら、
手《て》をがしっとおさえられた。

「そうか、不登校《ふとうこう》ってやつか。」

ずばりいわれて、うつむいた。

「行《い》きたくないなら、行《い》かなくてもいいさ。

おれも、そういうときがあったしな。」

思《おも》いがけないことばに、きょとんとしている翔《しょう》に、

「そうだ。おまえ、昼間《ひるま》、家《いえ》にいるならちょうどいい。おれはしごとでいない日《ひ》があるから、ピースケの水《みず》とエサを、とりかえてくれないか。」

といった。文鳥《ぶんちょう》はピースケというらしい。

「えっ、でも……。」

そのとき、ピースケがキュキュッと鳴《な》いて、翔《しょう》のほうを見《み》た。その、かわいい目《め》を見《み》たら断《ことわ》れなくなり、こくんとうなずいた。

「おれは高瀬和人《たかせかずと》。カズさんて、よんでくれ。おまえは？」

「山本翔《やまもとしょう》。」

とこたえると、
「よし、決《き》まった。翔《しょう》、これからうちに来《こ》い。」
といって、ぴょんと、
となりのベランダにとびうつった。
翔《しょう》がとなりに行《い》くと、カズさんは、
エサのやりかたを説明《せつめい》し、
「これが部屋《へや》のカギだ。おれは
消防士《しょうぼうし》だから、明日《あした》の朝《あさ》から、
次《つぎ》の日《ひ》の朝《あさ》まで勤務《きんむ》なんだ。
おれがいないとき、ピースケの
世話《せわ》をしてやってくれよ。」

「うん、わかった。」

と、翔《しょう》はこたえた。

となりの部屋《へや》に行《い》くことは、お母《かあ》さんにはないしょにした。小鳥《ことり》の世話《せわ》ができるなら学校《がっこう》に行《い》きなさいと、いわれるに決《き》まっているからだ。

次《つぎ》の日《ひ》、カズさんの部屋《へや》に行《い》くと、ピースケが待《ま》っていたように、キュキュキュッと鳴《な》いた。教《おそ》わったとおりにエサをやり、水《みず》をとりかえた。

部屋《へや》の中《なか》を見《み》まわすと、たなの上《うえ》に写真立《しゃしんた》てがあった。オレンジ色《いろ》の防火衣《ぼうかい》を着《き》た男《おとこ》のひとと、翔《しょう》より少《すこ》し年上《としうえ》くらいの少年《しょうねん》がうつっている。

男《おとこ》のひとはがっしりした体格《たいかく》で、カズさんによく似《に》ていた。少年《しょうねん》は、ぼうず頭《あたま》でやせていて、いまにも泣《な》きだしそうな、なさけない顔《かお》をしている。だれだろうと思《おも》ったけど、あまり長《なが》くいるわけにはいかない。お母《かあ》さんから電話《でんわ》がかかってくることもある。すぐに部屋《へや》にもどった。

その翌朝《よくあさ》、ピンポーンとチャイムが鳴《な》った。ドアをあけるとカズさんが、立《た》っていた。

「あっ、お帰《かえ》りなさい。」

というと、

「ただいま。これ、おまえの母《かあ》ちゃんからあずかったよ。おまえにわたしたいけど、部屋《へや》にもどる時間《じかん》がないって、あせってたからさ。」

といって、ふうとうをさしだした。

中《なか》を見《み》たら、クラスのひとたちからのよせがきのようだ。

あまりうれしくなかったが、ありがとうと、受《う》けとると、

「ピースケの世話《せわ》してもらって、助《たす》かったよ。見《み》に来《く》るか？」

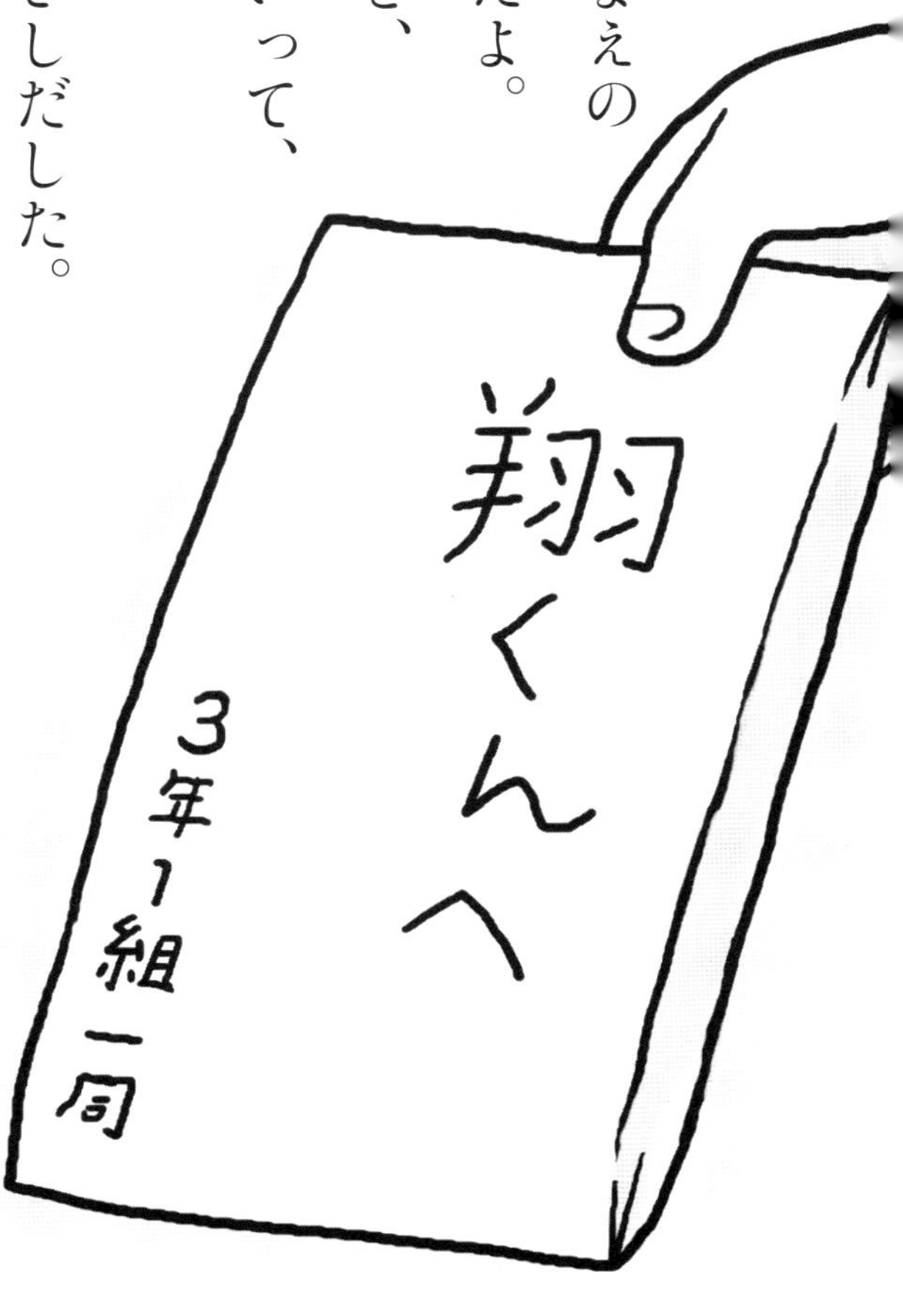

にこにこしながらいった。となりに行《い》くと、ピースケはきげんよく、さえずっている。と、カズさんが、

「それ、あけてみたらどうだ。」

ふうとうを指《ゆび》さして、いった。ふうとうの中《なか》には、画用紙《がようし》に書《か》いたよせがきが入《はい》っていたが、島崎《しまざき》の名前《なまえ》を見《み》つけたとたん、ほうりだした。

するとと、カズさんが、

「どうした？　学校《がっこう》でなにがあったんだ？」

といって、翔《しょう》の顔《かお》をのぞきこんだ。翔《しょう》がだまっていると、カズさんは立《た》ち上《あ》がって、写真立《しゃしんた》てを持《も》ってきた。

「見《み》ろよ。このちっこいのがおれで、こっちがおやじだ。」

「えっ、これ、カズさんなの？」

目《め》の前《まえ》にいるでっかいカズさんと、泣《な》きべそをかいたような少年《しょうねん》が、むすびつかない。

「これは、おれが小学校《しょうがっこう》五年生《ねんせい》のときで、おやじといっしょにとった、さいごの写真《しゃしん》なんだ。いまから十五年前《ねんまえ》だ。」

「さいごの？」

「うん。このあとすぐに、おやじは火事《かじ》の現場《げんば》でお年寄《としよ》りを助《たす》けて、亡《な》くなったんだ。」

カズさんは遠《とお》い目《め》をして、いった。翔《しょう》は、火事《かじ》の現場《げんば》で亡《な》くなるなんて、熱《あつ》くて苦《くる》しいだろうなと、ぶるっとせなかをふるわせた。

「おやじのそうしきに、仲間《なかま》の消防士《しょうぼうし》が大勢《おおぜい》来《き》てくれて、みんな泣《な》きながら、敬礼《けいれい》して見送《みおく》ってくれた。それを見《み》て、おれもしょうらい、消防士《しょうぼうし》になろうと決《き》めた。」

それはわかったけど、ぼくとどういう関係《かんけい》があるんだろう？　おとなってときどき、いみがわからない話《はなし》をするよなと思《おも》っていると、カズさんは写真《しゃしん》を指《ゆび》さし、

「おれは、こんなにやせてて、ちっこくて、消防車《しょうぼうしゃ》のサイレンを聞《き》くと、泣《な》きだすような弱虫《よわむし》だった。おまけに足《あし》はおそいし、野球《やきゅう》とかサッカーをすると、エラーばかりの、さえない子《こ》どもだったよ。」

「ぼくと同《おな》じだ……。」

翔《しょう》がいうと、

「おう、そうなのか。」

カズさんは、翔《しょう》の頭《あたま》に大《おお》きい手《て》をのせて、いった。その手《て》のあたたかさを感《かん》じたら、ふいになみだが出《で》てきた。正直《しょうじき》なところ、学校《がっこう》に行《い》かない七日間《なのかかん》は、ちっとも楽《たの》しくなかった。

日《ひ》がたつにつれ、体《からだ》の中《なか》に、黒《くろ》いどろのようなものがたまっていって、それがどんどん重《おも》くなってくる。でも、カズさんにピースケの世話《せわ》をたのまれたとき、すこし気持《きも》ちが明《あか》るくなった。

「おれに、ぜんぶ、話《はな》してみろよ。」

カズさんはいい、翔《しょう》にタオルをさしだした。翔《しょう》の目《め》から、こうずいのようになみだが出《で》て、ゆかにぽとぽと落《お》ちた。タオルで顔《かお》をふいてから、このまえ、学校《がっこう》であったことを話《はな》した。

「そうか、その島崎《しまざき》っていう女子《じょし》が、おまえをいじめるんだな。」

「……うん。ドッジボールのときは、ぼくの顔面《がんめん》ねらって、きつい球《たま》をなげるし、つきとばされたこともある。十月《がつ》に運動会《うんどうかい》があるんだけど、あいつにばかにされるから、もう学校《がっこう》に行《い》きたくないんだ……。」

とぎれとぎれにいうと、

「だけどな、そんなやつのために、おまえが学校《がっこう》を休《やす》むのは、損《そん》だよな。」

「損《そん》？」

「そうだよ。学校《がっこう》は、
楽《たの》しいことだってあるだろ。
遠足《えんそく》とか給食《きゅうしょく》とか、
臨海学校《りんかいがっこう》とか。家《いえ》にずっと
いたら、それもなしだ。」

翔《しょう》の頭《あたま》の中《なか》に、五月《がつ》の
遠足《えんそく》の光景《こうけい》がうかんだ。
水族館《すいぞくかん》でいろんな魚《さかな》を見《み》て、
公園《こうえん》でお弁当《べんとう》を食《た》べた。
仲《なか》のいい原田《はらだ》や遠藤《えんどう》と、
おやつのこうかんをしたっけ。

翔《しょう》が小《ちい》さくうなずくと、

「だからな、おれの場合《ばあい》は自分《じぶん》を変《か》えた。島崎《しまざき》ってやつの、いじわるな性格《せいかく》を変《か》えるのはむずかしい。だけど、自分《じぶん》を変《か》えることはできるだろ。」

「自分《じぶん》を変《か》えるの？」

「そうだ。おれは五年生《ねんせい》のときに、消防士《しょうぼうし》になると決《き》めた。だけど母親《ははおや》は、おまえは体《からだ》が弱《よわ》いからむりだっていった。危険《きけん》なしごとに、つかせたくなかったんだろうな。」

カズさんの目《め》が、うるんでいるように見《み》えた。翔《しょう》のなみだは、もうかわいている。

「それでな、おやじの部下《ぶか》だったひとがうちに来《き》たとき、消《しょう》防士《ぼうし》になりたいって話《はな》してみた。そしたら、消防士《しょうぼうし》は体力《たいりょく》がいるしごとだ。まず体《からだ》をきたえろ。食《た》べものの好《す》き嫌《きら》いをなくせ。足《あし》がおそかったら、速《はや》くなるように、努力《どりょく》しろっていわれたよ。」

「でも、ぼくみたいに生《う》まれつき、足《あし》がおそいひとだっているよね。」

「たしかにそうだ。だけど、努力《どりょく》すれば、いまよりは速《はや》くなるはずだ。努力《どりょく》もしないで、女《おんな》の子《こ》にいじめられて、しっぽをまいてにげだすのは、はずかしいぞ。」

カズさんにきびしくいわれ、
翔《しょう》はうつむいた。
「おれは、そのひとに
いわれたことを守《まも》った。
きらいだった牛乳《ぎゅうにゅう》も、がまんして
飲《の》んだし、野菜《やさい》も食《た》べた。
住《す》んでいた家《いえ》の近《ちか》くに
中学校《ちゅうがっこう》のグラウンドがあってな、
陸上部《りくじょうぶ》が練習《れんしゅう》してるんだ。
それを見《み》に行《い》って、
まねして走《はし》ってたら、

『おまえ、なんで毎日《まいにち》、
見《み》に来《き》てるんだ？』
って聞《き》かれたから、
おやじのことを話《はな》したら、
みんな知《し》ってて、
おれに、走《はし》りかたをとっくん
してくれるようになった。
そしたら、運動会《うんどうかい》の徒競走《ときょうそう》で
一着《ちゃく》になったぞ。努力《どりょく》すれば、
なんとかなるってことだ。」
「そうなんだ。」

「このよせがきがいいチャンスだ。まず、明日《あした》、学校《がっこう》に行《い》け。教室《きょうしつ》に行《い》ったら『よせがき、ありがとうっ。』って大声《おおごえ》でいうんだ。みんなそれを聞《き》いたらうれしくなって、しぜんに、おまえを受《う》け入《い》れてくれるよ。」

「でも島崎《しまざき》が……。」

「そんなやつは、無視《むし》すればいい。もし、けとばされたら、けりかえせ。おまえには、おれがついてるぞ。」

ピースケも、そうだそうだ、というみたいにキュキュキュッと鳴《な》いた。

「ぼくにはカズさんがついてる。」

といってみたら、体《からだ》にたまっていた黒《くろ》いどろがへって、力《ちから》がわいてくるような気《き》がした。

「いいか、明日《あした》は学校《がっこう》に行《い》け。帰《かえ》ってきたら、おれとランニングだ。やくそくだぞ。」

「わかった。やくそくするよ。」

翔《しょう》はそういうと、ゆかに落《お》ちたよせがきをひろいあげた。

夕方《ゆうがた》、しごとから帰《かえ》ってきたお母《かあ》さんに、

「ぼく、明日《あした》から学校《がっこう》に行《い》くよ。」

というと、お母《かあ》さんは
なにもいわず、
翔《しょう》をぎゅっとだきしめた。

翌朝《よくあさ》、教室《きょうしつ》に入《はい》ると、みんながざわめいた。翔《しょう》はカズさんにいわれたとおり、

「よせがき、どうもありがとうっ。」

大《おお》きな声《こえ》でいうと、原田《はらだ》がかけよってきて、

「山本《やまもと》、元気《げんき》になってよかったな。おれ、何回《なんかい》もむかえに行《い》ったんだぞ。」

と、翔《しょう》のせなかをたたいて、いった。

そのときチャイムが鳴《な》り、佐藤先生《さとうせんせい》が入《はい》ってきた。先生《せんせい》は翔《しょう》を見《み》て、うれしそうにうなずき、出席《しゅっせき》をとった。

「よしっ、今日《きょう》は、全員出席《ぜんいんしゅっせき》だな。」

3-1

はればれした声《こえ》でいうと、島崎《しまざき》が翔《しょう》のほうを見《み》て、ふんっと、ばかにしたようにわらった。翔《しょう》は、

(ぼくにはカズさんがついてる。)

心《こころ》の中《なか》でつぶやきながら、目《め》に力《ちから》を入《い》れて見返《みかえ》すと、島崎《しまざき》は、おどろいたように目《め》をそらした。

ひさしぶりの学校《がっこう》は、楽《たの》しかった。給食《きゅうしょく》は大好《だいす》きなカレーで、デザートはプリン。時間割《じかんわ》りも、翔《しょう》の好《す》きな国語《こくご》や図工《ずこう》だった。たしかにカズさんがいったとおり、楽《たの》しいことだってあるのだ。

夕方《ゆうがた》、カズさんと土手《どて》の上《うえ》を走《はし》りながら、

「学校《がっこう》、楽《たの》しかったよ。」

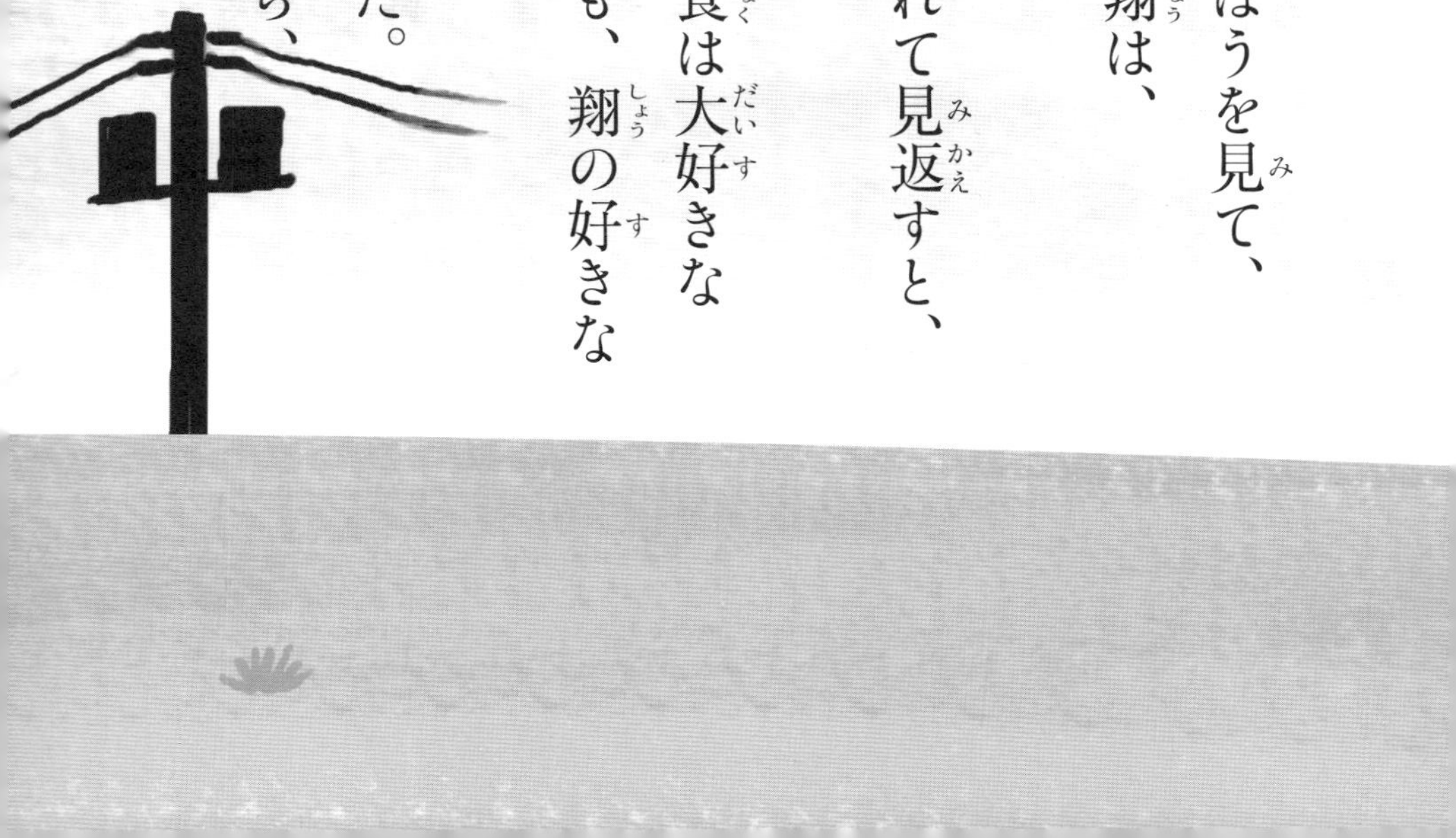

というと、

「そうか、よかったなあ。」

カズさんは、大《おお》きな口《くち》をあけてわらった。おおまたで走《はし》るカズさんについていくのは、かなりきつい。

息《いき》をきらしている翔《しょう》をふりかえり、

「河川敷《かせんしき》におりて休憩《きゅうけい》しよう。」

とカズさんがいった。ベンチにすわると、

「おれは明日《あした》の朝《あさ》から当番《とうばん》だから、学校《がっこう》から帰《かえ》ったら、またピースケ、見《み》てやってくれ。」

といった。

「当番《とうばん》？」

「消防署《しょうぼうしょ》では当番《とうばん》と非番《ひばん》というのがあるんだ。おれは、今日《きょう》は休《やす》みなんだけど、明日《あした》の朝《あさ》、七時半《じはん》に署《しょ》に出勤《しゅっきん》して、八時半《じはん》に交替《こうたい》する。そして、こんどはおれが当番《とうばん》になって、二十四時間《じかん》、署《しょ》につめる。今日勤務《きょうきんむ》しているひとは、明日《あした》、非番《ひばん》になるってわけさ。」

カズさんの暮《く》らしは、だいたい一日《にち》おきに働《はたら》くらしい。

「あのさあ、消防士《しょうぼうし》さんて、火事《かじ》とか救急車《きゅうきゅうしゃ》の出番《でばん》がないときは、なにしてるの？」

と聞《き》いてみた。

「救急車《きゅうきゅうしゃ》の出番《でばん》は多《おお》いけど、火事《かじ》はそんなに多《おお》いわけじゃない。でも、交通事故《こうつうじこ》とか地震《じしん》、水害《すいがい》とかが、いつ起《お》きるかわからないから、すぐに出動《しゅつどう》できるように、じゅんびはしておく。じゅんびはだいじだぞ。学校《がっこう》に行《い》くのだって、夜《よる》のうちに、明日《あした》の授業《じゅぎょう》で使《つか》うものをそろえて、カバンに入《い》れておくのと、朝《あさ》になってから、あわててそろえるのとではちがうだろ。じゅんびしておくほうが、わすれものは少《すく》ないはずだ。」

「うん、そうだね。」

お母《かあ》さんに、いつもいわれることと同《おな》じだ。

「で、当番《とうばん》とおれが交替《こうたい》したら、商売道具《しょうばいどうぐ》の点検《てんけん》だ。さて、ここで問題《もんだい》だ。おれの商売道具《しょうばいどうぐ》ってなんでしょう？」

いきなり聞《き》かれ、

「ええと……消火《しょうか》するときのホースっ。」

「ははは。ホースだけあったってしょうがないだろう。消防車《しょうぼうしゃ》とこたえなくちゃ。」

「わあ、すごいね、商売道具《しょうばいどうぐ》が消防車《しょうぼうしゃ》なんだ。」

翔《しょう》は目《め》をかがやかせて、いった。あの赤《あか》い、大《おお》きな車《くるま》が商売道具《ばいどうぐ》なんて、すごくかっこいい。カズさんはうなずくと、

「まず消防車《しょうぼうしゃ》のエンジンや、タイヤの状態《じょうたい》を確認《かくにん》。ホースや空気呼吸器《くうきこきゅうき》とかの器材《きざい》を点検《てんけん》する。空気呼吸器《くうきこきゅうき》というのは、火災現場《かさいげんば》とかで、空気《くうき》が吸《す》えないときに使《つか》うマスクで、酸素《さんそ》ボンベがついている。ロープ一本《いっぽん》だって、切《き》れてたら命《いのち》にか

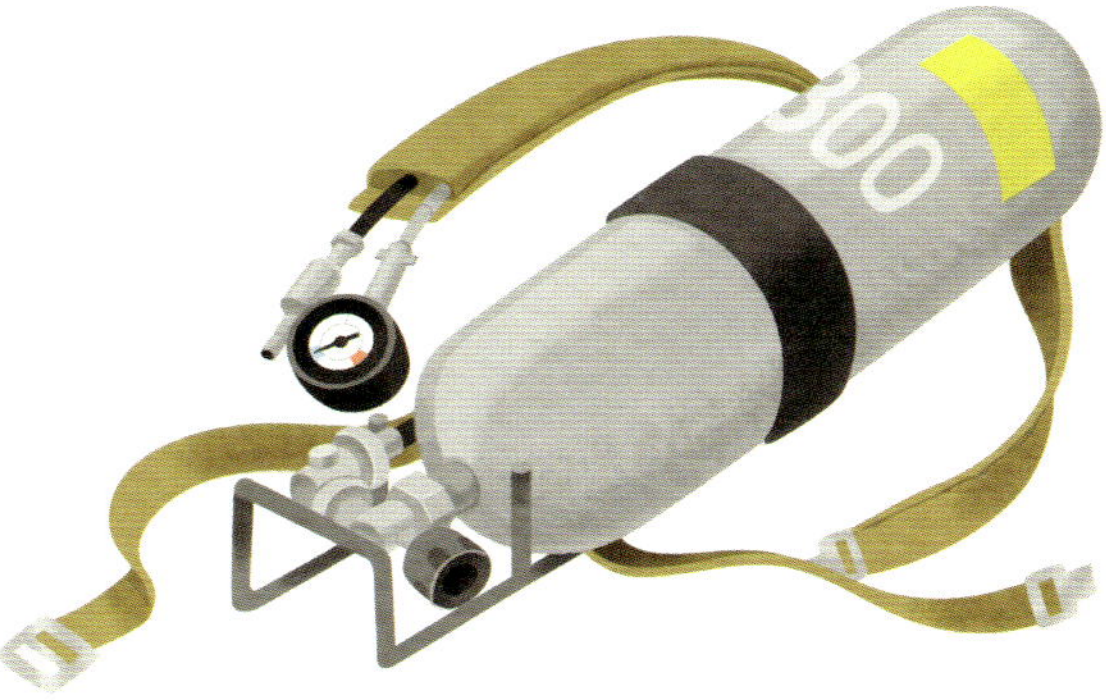
300

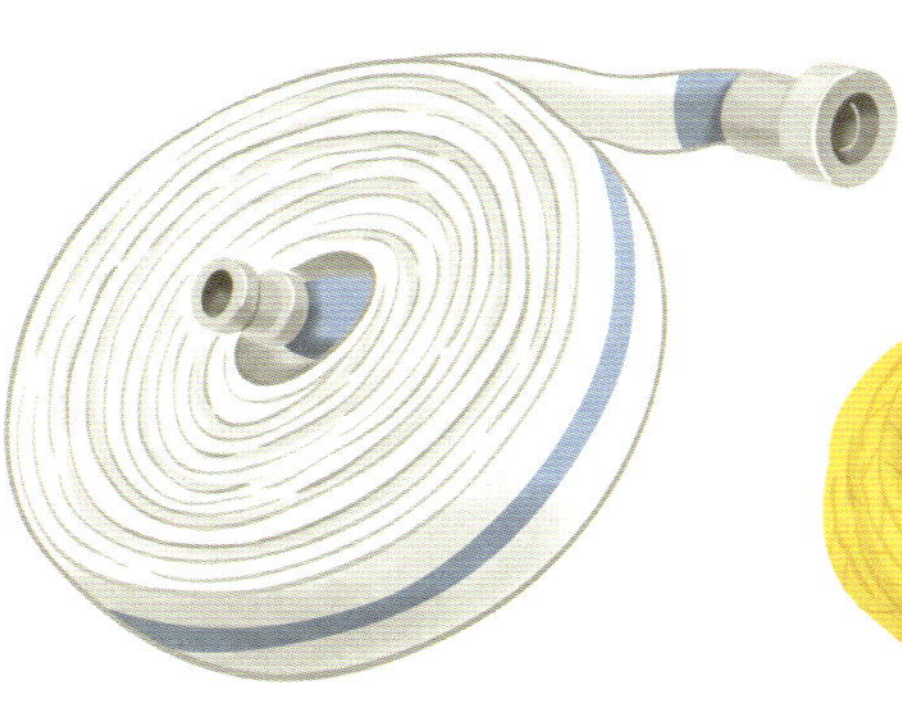

かわるから、確認《かくにん》するんだ。」
まるで、目《め》の前《まえ》に消防車《しょうぼうしゃ》が
あるみたいな口《くち》ぶりだ。
「そうか。学校《がっこう》とちがって、
わすれものしたら、
たいへんなんだね。」
「おいおい、学校《がっこう》の
わすれものだって、
しないほうが
いいに決《き》まってるぞ。」
といわれ、これからはちゃんと、

前《まえ》の日《ひ》に時間《じかん》割《わ》りをそろえようと思《おも》った。

「点検《てんけん》してOK《オーケー》になったら、庁舎《ちょうしゃ》のそうじだ。」

カズさんがいったので、

「消防《しょうぼう》のしごとって、やることがぜんぶ決《き》まってるんだね。」

翔《しょう》が感心《かんしん》していうと、

「そのとおりっ。それで、『火災《かさい》指令《しれい》、火災《かさい》指令《しれい》、〇〇町《ちょう》、たてもの火災《かさい》。』って出動命令《しゅつどうめいれい》が来《き》たら、防火衣《ぼうかい》を着《き》て、走《はし》りながらヘルメットをかぶり、消防車《しょうぼうしゃ》にのりこむ。地図《ちず》で現場《げんば》確認《かくにん》。サイレンを鳴《な》らして向《む》かうんだ。」

「かっこいいなあ。」

初《はじ》めて聞《き》く現場《げんば》のしごとだから、むねがわくわくする。

「そのとき、おれたちの頭《あたま》の中《なか》にあるのは、なにが燃《も》えているか。風向《かざむ》きはどっちか。どこの消火栓《しょうかせん》を使《つか》うか。いろんなことを予測《よそく》しながら、消防車《しょうぼうしゃ》を走《はし》らせる。

でもいちばんだいじなのは、にげおくれたひとがいないかということだ。さいしょにそれを確認《かくにん》して、けが人《にん》がいないとほっとするよ。」

「ほんとに、たいへんなしごとなんだね。」

と、翔《しょう》がため息《いき》をつくと、

「そうなんだ。しごと場《ば》では、気《き》を休《やす》めていられないんだよ。仲間《なかま》の消防士《しょうぼうし》は、出《で》かけるとき、奥《おく》さんや子《こ》どもに、『パパ、けがしないで、ちゃんと帰《かえ》ってきてね。』って、いわれるそうだ。」

火事《かじ》で父親《ちちおや》を亡《な》くしているカズさんは、きびしい表情《ひょうじょう》でいった。

ふと見《み》ると、川《かわ》の向《む》こうに夕焼《ゆうや》けが広《ひろ》がっている。

「よし、帰《かえ》るか。この次《つぎ》は、運動会《うんどうかい》で勝《か》てる走《はし》りかたを教《おし》えるよ。おまえ、そんなに運動神経《うんどうしんけい》は悪《わる》くないと思《おも》うぞ。」

「ほんとに？」

「だいじょうぶだ。自信《じしん》を持《も》てっ。」

カズさんはそういうと、すごいスピードで走《はし》りだしたので、翔《しょう》も全速力《ぜんそくりょく》でおいかけた。

日曜日《にちようび》に河川敷《かせんしき》に行《い》くと、カズさんはストップウォッチを持《も》ち、
「まず、ここからあっちのベンチまで、走《はし》ってみろ。」
といった。けんめいに走《はし》る翔《しょう》を、じっと見《み》ていたカズさんは、スタートの姿勢《しせい》、うでのふりかた、足《あし》の上《あ》げかたを直《なお》した。それから、もう一度《いちど》、いわれたとおりに走《はし》ってみたら、ほんの少《すこ》しだが、タイムがよくなった。

おどろいて、目《め》をぱちくりしている翔《しょう》に、

「おまえは、やればできるんだ。自信《じしん》を持《も》て。ところで、運《うん》動会《どうかい》はいつだっけ？」

「十月《がつ》十一日《にち》の日曜日《にちようび》だよ。」

「あと、三週間《しゅうかん》か。いいか、練習《れんしゅう》といっしょに、イメージトレーニングをするんだ。一着《ちゃく》のはたを持《も》つ、自分《じぶん》のすがたを思《おも》いうかべてみろ。これはだいじなことだ。運動会《うんどうかい》の日《ひ》は、おれもおうえんに行《い》くからな。」

思《おも》いがけないカズさんのことばに、翔《しょう》は、ぴょんととびあがった。カズさんが来《き》てくれたら、もっとがんばれるような気《き》がした。

「じゃあ、こんどプログラム、とどけに行《い》くね。」

翔《しょう》の中《なか》で、学校《がっこう》を休《やす》みつづけた日々《ひび》は遠《とお》くなっている。そんな翔《しょう》を見《み》て、カズさんは、安心《あんしん》したように、にこっとわらった。

運動会《うんどうかい》の日《ひ》は快晴《かいせい》だった。朝《あさ》から、にぎやかな音楽《おんがく》が流《なが》れている。去年《きょねん》はこれを聞《き》くと、ゆううつになったが、今年《ことし》はちがう。あれから毎日《まいにち》ランニングしたし、スタートや走《はし》りかたも、カズさんに見《み》てもらった。プログラムをとどけに行《い》くと、

「練習《れんしゅう》の成果《せいか》が、楽《たの》しみだな。」

といってくれた。

三年生《ねんせい》の八十メートル競走《きょうそう》は、午後《ごご》の部《ぶ》の三番目《ばんめ》だ。観覧《かんらん》席《せき》を見《み》ると、テントのそばに、お母《かあ》さんのすがたがあった。でも、カズさんのすがたは見《み》えない。まだ来《き》てないのかな。早《はや》くしないと、ぼくたちの番《ばん》が来《き》ちゃうのにと、きょろきょろしているうちに、

「次《つぎ》は、三年生《ねんせい》の八十メートル競走《きょうそう》です。」

という放送《ほうそう》が流《なが》れた。観覧席《かんらんせき》から、

「がんばれよっ。」

という声《こえ》がひびいたが、カズさんの声《こえ》ではなかった。

三年生《ねんせい》の徒競走《ときょうそう》がはじまると、翔《しょう》のしんぞうのこどうが速《はや》くなった。やっぱりきんちょうするぞ。でも、ちゃんと練習《れんしゅう》したからだいじょうぶだと、むねの中《なか》でつぶやき、スタートラインに立《た》った。

ピストルの音《おと》と同時《どうじ》に、飛《と》びだした。となりにいるのは足《あし》が速《はや》いひとだが、負《ま》けてたまるか。足《あし》を高《たか》く上《あ》げ、地面《じめん》をけった。カーブのときは、すこしペースを落《お》としてころばないようにする。これも、カズさんに教《おそ》わったことだ。

ゴール！　翔《しょう》は、二着《ちゃく》のはたをわたされた。お母《かあ》さんのほうを見《み》たら、ハンカチで目《め》をおさえながら、手《て》をふっている。二着《ちゃく》のしるしの緑色《みどりいろ》のリボンをつけてもらっているとき、島崎《しまざき》が、ぽかんと口《くち》をあけて見《み》ているのに気《き》づいた。

一着《ちゃく》じゃなかったけど、二着《ちゃく》なんて初《はじ》めてだ。うれしさでいっぱいになった翔《しょう》は、カズさんをさがしに、観覧席《かんらんせき》のうしろまで行《い》ってみたが、やはりいない。

カズさんがやくそくをやぶるなんて、おかしいぞ。なにかあったのかなと心配《しんぱい》になり、かたを落《お》として歩《ある》いていると、

「さくら台《だい》三丁目《ちょうめ》の食品工場《しょくひんこうじょう》で、火事《かじ》があったらしい。ほら、ヘリコプターが飛《と》んでる。」

「あっ、ほんとだ。住宅街《じゅうたくがい》が近《ちか》いから、たいへんだ。」

保護者《ほごしゃ》が話《はな》しているのが聞《き》こえた。耳《みみ》をすますと、たしか

にサイレンの音《おと》が聞《き》こえるし、ヘリコプターが飛《と》んでいる。

カズさんは柏木町《かしわぎちょう》の消防士《しょうぼうし》だけど、大《おお》きい火事《かじ》のときは、おうえんに出動《しゅつどう》するっていってた。だから来《こ》られなかったのかもしれない。そう思《おも》って、生徒席《せいとせき》にもどろうとしたら、

「翔《しょう》っ。よくがんばったわね。」

という声《こえ》がした。ふりむくとお母《かあ》さんが立《た》っていた。

「カズさん、見《み》かけた?」

と聞《き》くと、お母《かあ》さんは、

「それがねえ、さがしたんだけど、いなかったのよ。」

すまなそうにいった。

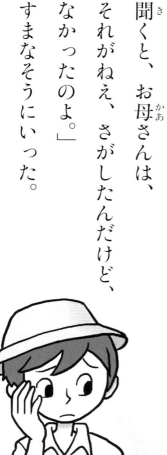

運動会《うんどうかい》が終《お》わってから、三丁目《ちょうめ》に行《い》ってみることにした。もしかしたら、現場《げんば》にカズさんがいるかもしれない。

火事《かじ》の現場《げんば》は、やじうまでいっぱいだった。工場《こうじょう》からは、まだけむりが出《で》ていて、消防士《しょうぼうし》さんが放水《ほうすい》しているのが見《み》えた。こげくさいにおいがして、やけこげた書類《しょるい》や新聞《しんぶん》が、ひらひら落《お》ちてくる。

翔《しょう》は、やじうまの間《あいだ》をくぐりぬけて、はってあるロープのそばまで行《い》った。カズさんから話《はなし》は聞《き》いていたけど、じっさいに火事《かじ》の現場《げんば》を見《み》たら、足《あし》が、がくがくしてきた。

「危険《きけん》ですから、はなれてくださいっ。」

消防士《しょうぼうし》さんのどなり声《ごえ》が聞《き》こえる。工場《こうじょう》のそばの家《いえ》からも、けむりが出《で》ていて、ベランダで救助《きゅうじょ》を待《ま》っているひとがいる。カズさんはいるかなと、せのびしてみたけど、みんな同《おな》じかっこうだから、見分《みわ》けがつかない。

と、翔《しょう》の近《ちか》くにいた女性《じょせい》が、

「おねがいしますっ。おばあちゃんを早《はや》く助《たす》けてくださいっ。」

と、悲鳴《ひめい》のような声《こえ》でさけんだ。

買《か》い物《もの》に出《で》かけていたらしく、デパートのふくろを持《も》っている。

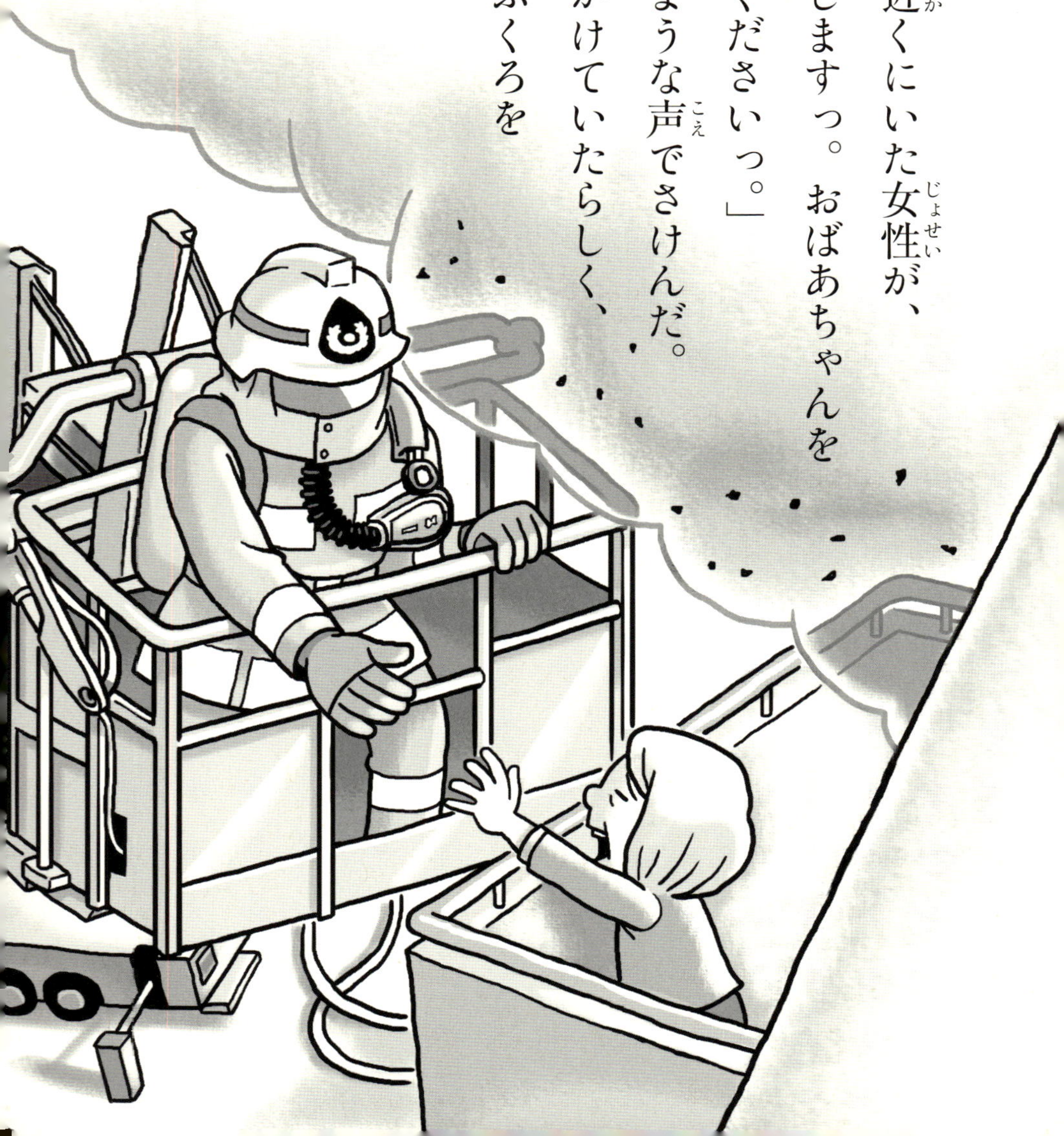

消防士《しょうぼうし》さんが、

「だいじょうぶです。いま救助《きゅうじょ》に行《い》ってます。三階《がい》の部屋《へや》ですよね。」

となだめるようにいった。

「お年寄《としよ》りが、にげおくれているのか。」

「かわいそうに。だいじょうぶかしらねえ。」

みんなが心配《しんぱい》そうに、けむりが出《で》ている部屋《へや》を見《み》ていると、三階《がい》のまどから、消防士《しょうぼうし》さんがすがたをあらわした。消《しょう》防士《ぼうし》さんにかかえられたおばあさんは、なにかをしっかりだいている。

見《み》ているひとの間《あいだ》から、歓声《かんせい》が上《あ》がり、女性《じょせい》が、

「おばあちゃんよっ。モモもいるわっ！」

とびあがってさけんだ。

ねこをだいたおばあさんが、はしご車《しゃ》からおりてくると、女性《じょせい》がかけよった。

「どちらも、けがはないようですね。」

消防士《しょうぼうし》さんがやさしい声《こえ》でいい、まわりから大《おお》きな拍手《はくしゅ》が起《お》こった。女性《じょせい》は、なみだでくしゃくしゃになった顔《かお》で、おばあさんとねこをだきしめている。

翔《しょう》が、消防士《しょうぼうし》さんに向《む》かって、

「カズさんっ。」

とよびかけると、はっとしたように
ふりむき、翔《しょう》を見《み》て片手《かたて》をあげた。
「あのね、ぼく二着《ちゃく》だったよ！」
大声《おおごえ》でいうと、カズさんは
なにもいわずに、うなずいた。

翌日《よくじつ》は学校《がっこう》が休《やす》みだ。お母《かあ》さんがしごとに行《い》ったあと、運《うん》動《どう》ぐつをベランダにほしていると、

「翔《しょう》っ。ちょっと、うちに来《こ》いよ。」

カズさんの声《こえ》がした。いそいでとなりの部屋《へや》に行《い》くと、カズさんは、いつもの元気《げんき》な顔《かお》で、

「昨日《きのう》は見《み》に行《い》けなくてすまなかったな。帰《かえ》ろうとしたら火災指令《かさいしれい》が入《はい》ったんだ。だけどおまえ、二着《ちゃく》なんてすごいじゃないか。よくやったぞ。」

いいながら、頭《あたま》をなでてくれた。

「カズさんのとっくんのおかげだよ。でもさあ、おばあさんとねこを助《たす》けたときのカズさん、かっこよかったなあ！」

というと、

「いや、それがおれのしごとだからな。しかし、金《かね》では買《か》えない思《おも》い出《で》の品《しな》や、大切《たいせつ》なものが灰《はい》になって、気《き》のどくだった。焼《や》けあとを見《み》ると、火事《かじ》はこわいってつくづく思《おも》うよ。」

それを聞《き》いて、翔《しょう》はランドセルとか教科《きょうか》書《しょ》とか、大好《だいす》きなゲーム機《き》や本《ほん》が、灰《はい》になることを思《おも》いうかべた。そして、それは、ほんとうにつらいだろうなと思《おも》った。

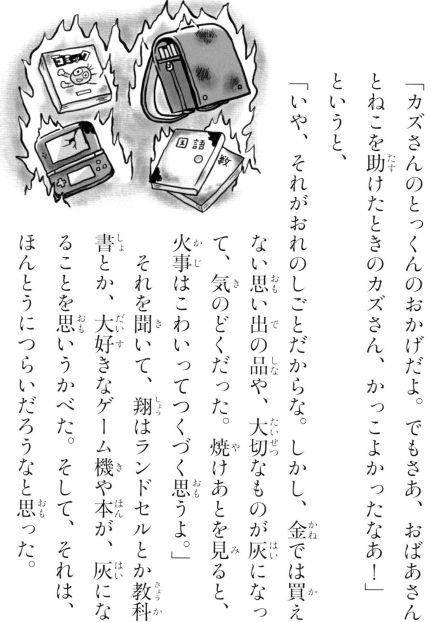

と、カズさんが、

「それにしても、ねこのモモを救出《きゅうしゅつ》するのは、ちょっと、てこずったよ。」

にがわらいしながら、いった。

「えっ？　モモは、おばあさんが、ちゃんとだいてたよね。」

翔《しょう》がいうと、

「いや、動物《どうぶつ》は、火《ひ》とかけむりがこわくて、かくれちゃうことがあるんだ。おばあさんが、『奥《おく》にねこがいるんです。助《たす》けてくださいっ。』っていうんだけど、すがたが見《み》えないから、『モモっ、おまえが死《し》んだら、おばあちゃんがかなしむぞ。とっとと、出《で》てこいっ。』って大声《おおごえ》でいったら、やっと出《で》て

きたんだ。」

と、話《はな》してくれた。

「ええっ、モモは、人間《にんげん》のいうことがわかるの？」

翔《しょう》が目《め》を丸《まる》くすると、

「心《こころ》をこめて話《はな》せば、動物《どうぶつ》だってわかるさ。なっ、ピースケ。」

カズさんがいった。ピースケは、かごから出《だ》してもらってうれしいらしく、ピュンピュン飛《と》びまわっている。見《み》ると、ベランダの戸《と》が、あけっぱなしだ。

「あっ、ピースケが外《そと》に出《で》たら、たいへんだ。」

翔《しょう》が、あわてて閉《し》めると、

「いや、ピースケはかしこいから、外《そと》に出《で》たりしないよ。」

カズさんがいい、ピースケも、そうだそうだ、というように、

「キュキュッ。」

と鳴《な》いた。

「えっ、でもカズさんは、うちのベランダにピースケがにげたって、まえにいってたよね？」

ふしぎに思《おも》って聞《き》いてみた。

「あっ、ああ、そんなことがあったかな……。」

カズさんは顔《かお》を赤《あか》くして、しどろもどろでこたえた。なんだかようすがへんだ。翔《しょう》が、じーっとカズさんを見《み》ていると、

「おいおい、そんな目《め》で見《み》るなよ。ほんとうのことを話《はな》すからさ。」

あきらめたようにいった。

「ほんとうのことって？」

「じつはな、ピースケがにげたっていうのは、おまえと知《し》りあうための、芝居《しばい》だったんだ。」

思《おも》いがけないことを聞《き》き、

翔《しょう》は大声《おおごえ》でいった。

「芝居《しばい》っ！」

「うん。

おまえが学校《がっこう》に行《い》かなく

なってから、母《かあ》ちゃんと、

エレベーターの中《なか》で会《あ》ったんだ。

そのとき母《かあ》ちゃんが、おまえの

ことで、ひどくなやんでたから、

『おれにまかせてくれませんか。』って、

いったんだよ。」

それを聞《き》いた翔《しょう》は、
あのころの自分《じぶん》が
はずかしくなり、
なにもいえずにうつむいた。
カズさんは、
「このことは、ずっとだまって
いようと思《おも》ってたんだけど、
自分《じぶん》からいっちゃったんじゃ、
しょうがないよな。」
といって、てれくさそうに
頭《あたま》をかいた。

「でもさあ、カズさんて、すごいっ。
ピースケを使《つか》うなんて、
ふつう、考《かんが》えつかないよ。」
翔《しょう》がいうと、
「あははっ、消防士《しょうぼうし》はな、
体力《たいりょく》と頭《あたま》を使《つか》って、
ひとを助《たす》けるのが使命《しめい》なんだ。
それから、もうひとつ、
だいじなことがある。」
カズさんの目《め》がきらりと光《ひか》った。
「え、なに？」

「それはな、自分《じぶん》を大切《たいせつ》にすることだ。
死《し》んだらなにもできないんだから、
自分《じぶん》の命《いのち》や生《い》きかたを、
日々《ひび》、大切《たいせつ》にするんだ。」

カズさんのことばは、
翔《しょう》のむねの中《なか》にしみこんだ。
（ぼくは学校《がっこう》に行《い》かなかったとき、
きっと、自分《じぶん》を大切《たいせつ》にして
いなかったんだ。でも、カズさんが
ピースケといっしょに、
助《たす》けに来《き》てくれた。）

翔《しょう》は、

「ぼく、やくそくするよ。自分《じぶん》を大切《たいせつ》にするし、もう学校《がっこう》を休《やす》んだりしない。いじわるするやつとはたたかうし、運動《うんどう》もがんばってやる。それから……。」

「それから？」

「あ、なんでもない。ぼく、そろそろ行《い》かないと。友《とも》だちと、公園《こうえん》であそぶんだ。」

元気《げんき》よく立《た》ち上《あ》がると、カズさんは、

「そうか、そうか。友《とも》だちとあそぶのか。」

白《しろ》い歯《は》を見《み》せて、うれしそうにわらった。

カズさんみたいな、強《つよ》くてやさしい消防士《しょうぼうし》になりたいという夢《ゆめ》は、ひみつにしよう。もっと強《つよ》くなって、お母《かあ》さんに安心《あんしん》してもらうまで、だまっていようと、翔《しょう》は思《おも》った。翔《しょう》の頭《あたま》の上《うえ》で、ピースケが、はげますように、キュキュキュッと鳴《な》いた。

消防士《しょうぼうし》さんのまめちしき

消防士《しょうぼうし》さんのお仕事《しごと》にちょっぴりくわしくなる

オマケのおはなし

消防士《しょうぼうし》さんって、どんなおしごと？

おおくの市区町村《しくちょうそん》におかれている消防署《しょうぼうしょ》は、全国《ぜんこく》で１７１１あり、約《やく》16万人《まんにん》の消防士《しょうぼうし》さんが仕事《しごと》をしています。火災《かさい》で出動《しゅつどう》する「消火《しょうか》」のほかにも、急病人《きゅうびょうにん》を病院《びょういん》へはこぶ「救急《きゅうきゅう》」、事故《じこ》や災害《さいがい》のときに人《ひと》を助《たす》けだす「救助《きゅうじょ》」という仕事《しごと》があり、それぞれの消防署《しょうぼうしょ》で、専門的《せんもんてき》に担当《たんとう》しています。

火災《かさい》がおきて１１９番《ばん》に電話《でんわ》が入《はい》ると、出動《しゅつどう》の指令《しれい》が、本部《ほんぶ》から消防署《しょうぼうしょ》にきます。ポンプ隊《たい》、はしご隊《たい》、救急隊《きゅうきゅうたい》などがいちはやく現場《げんば》にかけつけ、火《ひ》を消《け》したり、にげおくれた人《ひと》を助《たす》けたりします。

消防士《しょうぼうし》さんはぜんぶで20キロちかくになる装備《そうび》をつけながら、きびしい条件《じょうけん》のなか、人《ひと》を助《たす》けるために、活躍《かつやく》します。いつも現場《げんば》の状況《じょうきょう》はかわります。そのため、すぐに現場《げんば》にたどりつくためのルートや、消火栓《しょうかせん》の位置《いち》など、最新《さいしん》の情報《じょうほう》をあつめたり、さまざまな状況《じょうきょう》を想定《そうてい》した訓練《くんれん》

がかかせません。
事故《じこ》や水害《すいがい》、地震《じしん》、山《やま》での遭難《そうなん》など、救助隊《きゅうじょたい》も、特殊《とくしゅ》な現場《げんば》で活躍《かつやく》できるよう、たいへんな訓練《くんれん》をしています。特殊《とくしゅ》ヘリコプターや、船《ふね》をもっている消防本部《しょうぼうほんぶ》もあります。
日本《にっぽん》以外《いがい》の国《くに》で大《おお》きな災害《さいがい》がおこったさいには、国際緊急援助隊《こくさいきんきゅうえんじょたい》の一員《いちいん》として、海外《かいがい》の現場《げんば》まで助《たす》けにいくこともあります。
消防士《しょうぼうし》さんの仕事《しごと》のなかでは、火事《かじ》をおきにくくする、「予防《よぼう》」もたいせつです。学校《がっこう》やビル、家《いえ》などでもし火災《かさい》がおこっても、被害《ひがい》をすくなくするため、建物《たてもの》の検査《けんさ》や指導《しどう》をするのです。

どんな人《ひと》が消防士《しょうぼうし》さんにむいている？

消防士《しょうぼうし》さんは、人《ひと》の命《いのち》をすくう、たいせつな仕事《しごと》をする人《ひと》です。健康《けんこう》で、元気《げんき》とやる気《き》がある人《ひと》が、いちばんむいています。また、訓練《くんれん》をのりこえられる強《つよ》い心《こころ》と、規律《きりつ》を守《まも》り、正義感《せいぎかん》がある人《ひと》にぴったりです。

毎回《まいかい》ちがう状況《じょうきょう》のなか、チームで力《ちから》を合《あ》わせて動《うご》くため、チームワーク、つまり、なかまを思《おも》いやっていっしょにはたらく気持《きも》ちも必要《ひつよう》です。

「消防《しょうぼう》」「救助《きゅうじょ》」「救急《きゅうきゅう》」「予防《よぼう》」のどの分野《ぶんや》にすすむかは、本人《ほんにん》の希望《きぼう》をきいて、考《かんが》えられるそうです。ですが、どれも「人《ひと》のために」という気持《きも》ちは同《おな》じです。

もちろん、男性《だんせい》だけの仕事《しごと》ではありません。いまでは女性《じょせい》の消防士《しょうぼうし》さんも、ふえています。

消防士《しょうぼうし》さんになるには？

消防士《しょうぼうし》さんになるには、まず採用《さいよう》の試験《しけん》に合格《ごうかく》しなければなりません。たいてい「市《し》（東京《とうきょう》の場合《ばあい》は「都《と》」）」がおこなっています。体力測定《たいりょくそくてい》もふくまれます。試験《しけん》に合格《ごうかく》すると、消防学《しょうぼうがっ》校《こう》に入学《にゅうがく》し、消防士《しょうぼうし》として必要《ひつよう》な勉強《べんきょう》をします。

つくえで授業《じゅぎょう》をうけるだけではなく、訓練施設《くんれんしせつ》の中《なか》で、じっさいに火《ひ》が燃《も》えている現場《げんば》での消火《しょうか》をしたり、高《たか》い建物《たてもの》に取《と》りのこされた人《ひと》を助《たす》けたり、救急車《きゅうきゅうしゃ》をつかった実習《じっしゅう》をおこなうこともあります。

その後《ご》、消防署《しょうぼうしょ》に配属《はいぞく》されて、さらに経験《けいけん》をつみ、高度《こうど》な技《ぎ》術《じゅつ》を身《み》につけ、現場《げんば》で活躍《かつやく》する人材《じんざい》になっていきます。

こうして毎日《まいにち》24時間《じかん》、わたしたちの生活《せいかつ》を守《まも》ってくれるたのもしい消防士《しょうぼうし》さんたちは、がんばっているのです。

佐川芳枝｜さがわよしえ

1950年東京生まれ。『寿司屋の小太郎』（ポプラ社）で第13回椋鳩十児童文学賞を受賞。作品は他に、『ラッキィ・フレンズ アキラくんのひみつ』、「ゆうれい回転ずし」シリーズ、『ぼくはすし屋の三代目』（以上、講談社）など。エッセイ作品として『寿司屋のかみさん うまいもの暦』（講談社文庫）などがある。東京・東中野の「名登利寿司」の女将でもある。

青山雄一｜あおやまゆういち

岐阜県出身、千葉県在住。小次郎イラストスクールを卒業後、イラスト制作会社を経て、フリーランスとなる。

装丁／大岡喜直（next door design）
本文 DTP／脇田明日香

おしごとのおはなし　消防士《しょうぼうし》
ひみつのとっくん

2016年1月25日　第1刷発行
2019年9月9日　第4刷発行

作　佐川芳枝《さがわよしえ》
絵　青山雄一《あおやまゆういち》
発行者　渡瀬昌彦
発行所　株式会社講談社
〒112-8001 東京都文京区音羽2-12-21
電話　編集 03-5395-3535　販売 03-5395-3625　業務 03-5395-3615
印刷所　豊国印刷株式会社
製本所　株式会社若林製本工場

N.D.C.913 79p 22cm ISBN978-4-06-219877-6

消防士の古川さんに、取材のご協力を頂きました。